真っ当すぎる人たち

真城 達彦
SHINJO Tatsuhiko

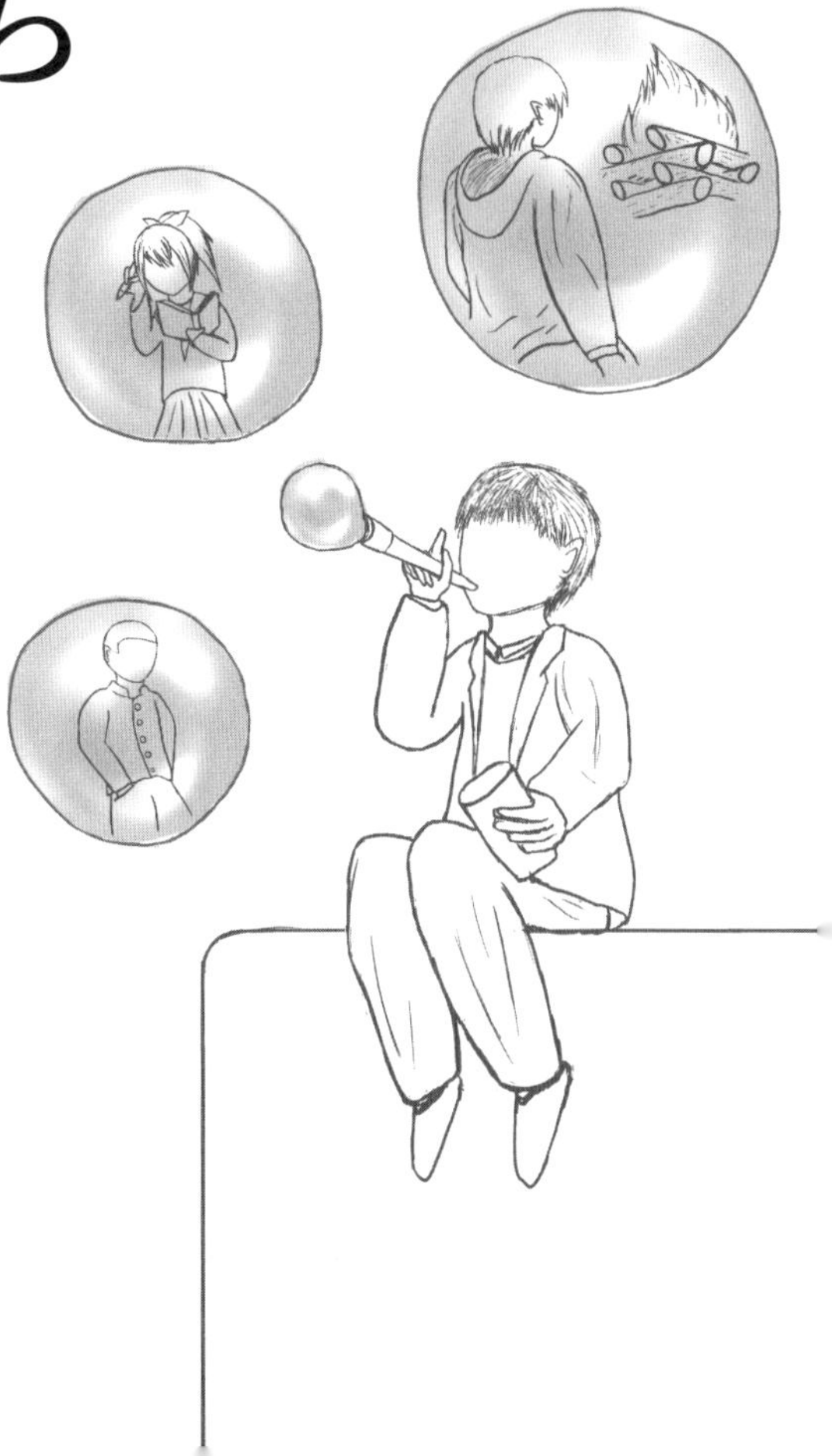

文芸社

目次

真っ当すぎる人たち

プロローグ

「間城君、本はその奥のテーブルの上ね。みんなが帰る時に前に出すから。一人ずつ自分の手で渡した方がいいやろ」

受付で間城孝彦の顔を見るなり、幹事がそう言った。学生時代に小劇場の舞台女優を経験しているだけあって、説得力のある喋り方だと間城は思った。テーブルには、『この街　出て行けず』が百冊ほどセットされていた。

「ありがとう。お世話になります」

高校卒業から五〇年目の学年全体の同窓会――コロナの影響もあって前回からは五年が過ぎていた。間城は、出版して半年くらい経つ自伝的小説を出席者全員に配布することを、学年の、いい意味でのボス的存在の女性幹事に申し入れていた。幹事は、出版社から同窓会会場のホテルに届いた間城の本を受け取るなど、協力をしていた。

できた本を速攻で送った同級生も、この幹事を含めて何人かいて感想ももらっていたので、間城は彼らと久しぶりに会えることを楽しみにしていた。

同窓会が始まって一時間ほど経った頃、その中の一人、京野徹が間城の横に来た。

「この会とは別件やけど、秋にサークルの同窓会やるから、そのつもりしといてくれ」

「いつも連絡ありがとう。予定しとく」

京野と間城は、高校時代は一緒に生徒会の役員をやり、大学受験の時も同じ宿に泊まった。大学でも同じサークルで、母子寮の子どもたちを相手にボランティア活動をしていた。

「よう、やってくれたな。ありがとうな。うちの奥さんもよろしくって言うてたわ」

「今日は、来てないの？」

「図書館のイベントで忙しいみたい」

次に間城に声をかけたのは吉野正夫、徳島に住み、同窓会では大阪まで出てくる。妻の誠子、間城も含めて三人は高二の時に同じクラスで、そのクラスの同窓会で、

「おまえ文章書けるんやから、俺らのこと小説に書いてや」

と、正夫は間城にリクエストしていた。そして、本に対する誠子からの感想は、間城にとって、良き理解者がいてくれる、文章は自分よりうんと上手い、と思わせるものだった。

間城孝彦は、大阪府立の高校と支援学校に勤めたが、同窓会の会場には府立高校時代の同僚が何人かいた。その顔を見ながら、本の中に支援学校の生徒のことは書いたけど府立高校の生徒のことは書いてないな、と間城はぼんやりと思った。

今は人形劇団に所属する幹事が、パペット落語で知られるプロを呼んでいた。いつものように、学年の一人がつくった「卒業の歌」も、彼自身のピアノ伴奏で歌われた。五〇年前に戻ったような雰囲気の中で、ふと、間城は思った。

(この中で、いったいどれだけの人間が、三年の途中でやめていった根谷久人のことを覚えているのだろう)

閉会後、帰路につく同窓生に本の配布を終えた間城に、田中洋司が誘いをかけた。

「上のラウンジでお茶するけど、一緒に行けへんか」

周りには高三で同じクラスだったメンバーが数人いた。

「ごめん。あとの予定が……」

「ええよええよ。また近いうちにな。ホンマに会える時に会わなくちゃ、永遠のサヨナラやもんね」

間城の頭に、本にも書いた支援学校の生徒が浮かんだ。車イスの後ろに酸素ボンベを積んで学校生活を送り、修学旅行はドクターから飛行機を禁止されてみんなとは別に新幹線で移動し、間城には「先生って、真面目やけど変やねん」と、これ以上はない評価をした生徒だった。一〇年ほど会っていなかったが、この同窓会の少し前に再会の叶わぬ人となっていた。洋司の一言は、出席者の中に大病を経験した人もいたからだったが、間城には実感がありすぎだった。

田中洋司と間城孝彦のやりとりを、中野雅恵はちょっと離れた場所で聞いていた。一ヶ月ほど前、雅恵は間城から数十年ぶりの電話を受けていた。

「急に電話してすみません。あの本やけど、来月の同窓会で出席者に配ろうかと思うんやけど……アカンかったらアカンて言うて」

「んーっ」

しばらく間があって、

「私は、いいよ。もう、この歳だし」

「ずっと迷惑かけてるよな。ごめん」

「いえ、こちらこそ。本をいただいておいて、お礼も言ってなくてごめんなさい。愛読者カードだけは出したんですけど」

そんな会話だった。

二人は中学・高校と一緒だった。間城の本の二割くらいは、雅恵の自分史とも言えるもので、卒業後にも及ぶ間城の雅恵への片思いがしっかり書かれていた。そして、フィクションの体裁をとってはいるものの、モデルが誰かを想定するのは難しくはなかった。

同窓会のあと、二人は古い喫茶店に行った。間城が本に書いたその店のマスターは二年前に亡くなっていたが、孫がネルのドリップという同じやり方でコーヒーを落としていた。

「本に出てくる智衣さんって、松川さんでしょ」

雅恵の突然の指摘に、間城孝彦は固まった。

間城は、本の中に「客観的な目」を設定したかった。それは自分に対して「これくらい言わないと、コイツにはわからんやろ」ということなのだが、それを言ってくれそうな人を考えた時に、中学で同じクラスだった松川智衣が浮かんだ。間城は本の中の智衣に、自分が持ち続ける疎外感について、アドバイスと共に語らせていた。

智衣と雅恵が中学で同じクラスだったことはなく、しかも別の高校だったので、二人のヒロインに接点があるとは思えず、固まったあとの間城は話すのもしどろもどろだった。雅恵が、近々、智衣と同じ高校だった友人に会うことを聞いて、間城は自分も知るその友人に本を渡し、智衣の連絡先がわかるなら聞いてもらうように頼んだ。関係する人たちの中で、間城は智衣にだけ本を渡せていなかった。

この日もそれぞれコーヒー一杯を割り勘で飲み、そして「お元気で」の定型句で雅恵と間城は別れた。

後日、松川智衣の消息を調べる中で間城が知ったのは、智衣が数年前、「転居します。転居先は記しません。年賀状も今回で最後にします」と、親しい友人にも告げていたことだった。

第一話
読めすぎる人　京野徹

　文化祭の準備を進める中で、

「ファイアストーム、やりたいよなぁ」

　話を振った生徒会体育委員長の京野徹は、他の執行部役員の反応を窺った。徹には、副会長の間城孝彦が食い付いたように見えた。

　間城と徹は高校で初対面で、その時のお互いの自己紹介は「論客」と「毒舌家」だった。なかなかありえない関係だ。徹は常に論理的・合理的な言動を意識しているが、間城を見ていると言葉が足らない奴だと思う。だが、間城が言葉にできない部分を大事にしていることはわからないでもなかった。

昭和四六年（一九七一年）、高校二年生の彼らが通う大阪府立M高校では、生徒会の会長だけを選挙で選び（立候補者が一人で無投票のことも多い）、選出された会長が他の執行部役員を任命するという、高校レベルではあまりないシステムが採られていた。徹は初めての執行部役員だが、間城は一年生の後期に、同じ中学の先輩に引っ張られて会計を経験していた。M高校には、生徒会執行部と各クラス二名の代議員で構成される生徒議会の他に、国政で言えば司法担当に当たる忠告委員会という機関があった。生徒会の活動は三権分立で行われていて、そのことは、徹たちM高校の生徒にとってちょっとした自慢でもあった。

徹はファイアストーム実現に向けて、生徒会顧問の中で一番若い政治経済の教師に目を付けた。三〇歳くらいの男性で、けっして大柄ではなく、顔つきや服装から受ける印象も地味だ。髪の毛の量も、おそらく年齢の割には少し寂しい。だが、がっしりした身体から出る地響きのような声には威厳があった。

徹は間城を誘って、政治経済の岸畑のところへ相談に行った。

「文化祭のあとにファイアストームをやりたいと思っています。この相談ができるのは生徒会顧問の中で先生しかいません。一緒に考えてもらえませんか。協力してください。お願いします」

徹は間城には喋らさないと決めていた。自らの人を動かす政治的センスには自信があるが、思考形態の違う間城にはそのセンスはないとわかっていたからだ。でも、というか、だからこそ、間城には横にいて岸畑の反応を見ていてほしかった。

一通りの説明を聞いて、岸畑が言った。

「いいと思いますよ。この学校で先生方を説得するのは大変だと思いますが、力を貸しましょう。校内で無理でも、市に掛け合って公園とかを借りる手もありますしね。生徒にとって、憩いの場のようなものが続いていけばいいですよね」

平素より少し早いその話し方に、徹は、先生、けっこうワクワクしてるな、と思った。法律の専門家として交渉事や行政への要求事が好きそうという、徹の読みは間違っていなかった。間城に確認すると、「岸畑の喋り方が軽かった」という言い方をした。

結果として、学校のグラウンドは使用できなかった。顧問は市の公園を借りる手続きをしたが、火を焚くことに許可は下りなかった。その条件の範囲内でも、徹は参加者を募り、歌ったり踊ったりの出演者を精力的に集めた。


多数の来場者があった土曜・日曜の二日間の文化祭が終わり、時刻は夕方の五時頃。人目を避けるかのように一人で校舎内の階段を上ろうとしていた間城に、徹は声をかけた。


「行けへんのか」

「やめとくわ」

「オマエやったら、そうやろな」

それだけ言って徹は校門の方へ向かった。

このあと、学校近くの公園で火のない「M校生の集い」があり、徹はその責任者なのだ。ここまでできる範囲での協力をしながらも、「火はなくてもいい」という妥協ができなかった間城のことは諦めようと徹は思った。

公園への道を急ぎながら、徹は思いを巡らせる。間城は校舎の三階あたりから誰もいないグラウンドに向かい目を閉じて、火を囲んで歌いフォークダンスをする生徒たちの姿を見るのだろうか。でも、そこにはイベントの光景はない。

「オマエが憧れるという井上靖の『闘牛』の主人公、新聞記者の津上でも気取っていろ。何も賭けてはいない、賭けれるような人ではない、と。笑わせるな」

校舎内に残っているだろう間城に、徹は目一杯心の中で叫んだ。

文化祭後の集いも済んで、岸畑は、最初の段階で京野徹と一緒に相談に来ておきながら、集いには顔を出さなかった生徒のことが気になっていた。実は、文化祭の一ヶ月ほど前に、岸畑はその生徒に対して、別の件で少し意地悪な対応をしていたのだった。

第二話　厳格すぎる人　岸畑典之

「こんなの、ダメです」
生徒から差し出されたレポート用紙一枚の文章に対して、岸畑典之は野太い声で即答した。

学校紹介　M高校

この学区では確かに進学率の高い学校ではあるが、「M校生」即「勉強ばっかりしている」とは考えないでほしい。事実三五余りのクラブが活動し、また、いろんな趣味を持って領域広く生活している人も多い。

ただ、M校生は多くの人が地味であり、いわゆる「おもしろみ」に欠けているかもしれない。しかし「M校生は……」と評する前に、時間をかけて話してみてほしい。その批評はきっと変わるはずだから。でも一方、M校生は「そんな時間はない」と言うかもしれない。

そのへんがM校生自身が持つ両面の接点であり、昨年度前期に生徒会執行部不成立を招いた原因でもある。


対外的なことは生徒会の副会長の仕事である。

同じ学区の一〇校ほどの生徒会執行部の連合があり、各校の学校紹介を集めてパンフレットを出す。そのために生徒が書いてきた文章だった。

明らかに不満げな表情の生徒に、岸畑は次の言葉を続けた。

「でも、君の言いたいことはわかるので、そのまま出していいと思いますよ」

一応の承認は出したが、生徒に対してこんな対応の仕方でいいのかと、岸畑自身が割り切れないものを感じていた。そして、その生徒の中に複雑な意識を残してしまったのだろうな、とも思った。


数年後、見覚えのある顔が教育実習で母校に来た。

担当は在学時の担任だったが、教育実習ではいろんな教師の授業を見学することが設定される。岸畑は、担任でも授業担当でもなかったその実習生を、他の二人の実習生と共に自分の授業に連れて行った。

授業の冒頭、生徒たちに三人の見学者を紹介するにあたって、岸畑はちょっとした仕掛けをした。二人目までは「さん付け」で紹介して、最後に、「彼だけは、あえて君付けで呼ばせてもらいますが」と前置きして、君付けで間城という名字を紹介した。

岸畑はその日の授業のテーマを、憲法第四一条にした。

「国会は、国権の最高機関であって、国の唯一の立法機関である。」

この条文の「最高」と「唯一」という二つの用語だけを取り上げて、岸畑は一コマ五〇分の授業時間の全てを使って説明した。生徒たちが授業の前半は戸惑っていて、後半は「もういいから、もっと沢山の知識を教えてほしい」と望んでいるのは見え見えだった。ほとんどの生徒が、世間では難関校と言われる大学を受験する高校だということは、岸畑も百も承知だ。

実習期間の始まる少し前に、実習生に関する情報を交換する中で、大先輩で日本でも有数の曼荼羅の研究者である倫理社会の教師は、間城のことをこう言っていた。

「ぼくの授業なんて、どの思想家を扱っても最後に落ち着くところは、自己を深く見つめることで表層が捲れて、美しい本来の自己が見えてくるのです――なんですけどね。ほとんどの生徒は数学や英語の内職をしていましたが、彼は授業を聞いていましたね」

教室の後方から生徒たちを注視する間城を見ながら、自分の高校時代を思い出しているのかな、と岸畑は思った。

放課後、岸畑は廊下で間城に声をかけられた。

「今日はありがとうございました。少し話をさせてもらっていいですか」

「短い時間ならいいですよ。社会の準備室に行きますか」

部屋に入ると、待ちきれないというように間城が話し出した。

「授業の主旨は、一つの用語は誰にとっても同じ意味で理解されるように正確に使われないといけない、ということですよね」

「うんざりの顔の生徒も沢山いましたよね。わかってはいるんですけどね」

「授業の最初に僕だけ君付けで呼ばれましたよね。あれは、実習生としてはもちろんだけど、生徒としてもこの授業に入っておけ、という意味だったととっていいですか」

「そう思いましたか」

「高校時代に先生に見てもらった文章に、一発でダメ出しをされたこと、でもそれでいいと言われたこと、忘れてません。忘れられません。今日の授業内容は、その理由のヒントかなと思いました」

「君の文章、悪くないですよ。でも、誰もがわかる文章じゃないです」

「ありがとうございました。今のお話、もし教職につくことができたら、生徒に対応する時、心しておきます」

「頑張ってくださいね。僕が応援できることではないですけど」

準備室を出て実習生の控室に戻る間城の後ろ姿は、肩が落ちて「負けた」と言っているように岸畑には見えた。でも、不思議と目線は下がっていなかった。

岸畑は間城のことを自分以上に不器用な奴だと思う。でも、これから増加していくであろう不器用な生徒には、間城のような教師も必要になるのだろうとも思う。

そして三年後、岸畑は同じ学区のまだ新しいT高校に間城孝彦が勤務したことを知る。

第三話
真面目すぎる人　竹林政子

「つまんないな」

サボることなくきちんと講義に出ての帰り道、阪急電車のドアのところにもたれて、何度この言葉を口にしたことだろう。竹林政子が短大の国文科に通い始めて、半年が過ぎようとしていた。夏休みには友人と一ヶ月の北海道旅行もして、いくつもの宿泊施設で多くの人との交流も経験した。でも、女子だけの短大生活に戻ると、政子には熱中して聴ける講義がないのだ。前期の英語の試験なんて、英語がそんなに得意ではない政子から見ても中学レベルに思えるものだった。

政子は大阪府立T高校の一期生だ。当然のことだが、高校に入学した時には一学年分の生徒しかいなくて、大阪湾近くの工場が並ぶ環境の中、ちっぽけな校舎は途中で切れていた。二年、三年と進むにつれて生徒数も教室数も増え、各教科には毎年数人ずつの教師が入り、そのほとんどが二〇代の新任だった。学校がフルサイズになっていく過程は、政子にとって貴重な経験で、「私たちがこの学校を創っていくのだ」という気概を持たせるものだった。そんな中、政子はやっと一〇人を集めて、当時は社会の関心も高くないボランティア活動部を立ち上げた。

政子は共学の四年制大学の国文科を目指していた。もともと本を読むことは大好きだ。受験科目の少ない短大や専門学校の推薦入試を考える同級生が多い中、政子はそれはしたくなかった。科目数は増えても一般入試で受ける、社会は日本史と決めていた。だが、三年で授業担当になった世界史の教師のせいで、それを変更することにした。

初対面の多くの教師の中で、世界史の教師はカッコいいわけではなかった。生徒を押さえこむことはしないが、一〇〇パーセント生徒の味方というわけでもなかった。授業中にチャチャを入れる生徒に対しては、楽しそうに適度に付き合いながらかわしていく、そんなふうに政子には見えた。ただ若くして亡くなった、政子が尊敬する中学の時の教師とどこか似た雰囲気があった。政子には「その先生なしに今の私はあり得ない」と思える人だった。それと世界史の教師は休むことはまずなく、おそらく授業のシナリオ通りに歴史上の余談も入れながら、確実に教科書を進めた。学年末には二〇世紀までいきそうだという見通しから、政子は受験科目を変えることを考え始めた。

そして、それを決定づけたのは一学期の期末考査だった。問題を解きながら、政子は身震いするような手ごたえを感じた。勉強したこと、覚えたことが無駄ではないという、やりがいのあるテストだった。その感覚は、政子には高校では初めてのものだった。一学期の通知表の世界史には百点満点の九九点がついた。先生、点数高すぎやわ、と思いながら、政子は嬉しかった。一方、九九点をつけたこの教師にとっては、悩ましい考慮の末の評価だった。一人だけずば抜けた成績の生徒がいて、他の生徒と同じように点数を調整すれば百点を優に超えてしまう。が、百点をつけることは、その生徒に対してかえって失礼だと思ったのだった。

政子は担任の英語の教師に対しては「普通にいい人」の印象だったが、その担任は夏休みに入って、社会の教師に相談を持ちかけていた。

「クラスで成績のいい生徒が、受験科目を急に日本史から世界史に変えると言い出してましてね。僕は日本史のままの方がいいと思うんやけど、社会の先生として、どう思いますか」

「まあ、その生徒が、自分で選ぶことですから」

世界史担当の教師は答えを濁していたが、もちろんそれは政子の知らないところでのやりとりだった。

一九七九年、イランで革命があった。世界史が好きになりかけていた政子だが、イスラム暦では一四〇〇年になるというのがどうも理解できなかった。マホメット（今日ではムハンマドの呼び方が一般的）の時代に一四〇〇年を足せば、二〇〇〇年を超えてしまう。政子は世界史の教師に質問に行った。

「なんで一四〇〇年になるんですか」

「ちょっと時間もらえるか。ちゃんと説明したいから」

次の日、その教師は休み時間に政子の教室に来て一枚の紙を出した。そこには、六二〇年代からの日数が足し算され、それをイスラム暦に換算した数字が並んでいた。一年の計算の仕方も太陽暦よりややこしそうだったが、ほぼ誤差なく一四〇〇の数字が出ていた。ここまでしてくれるんやと、少し涙が出そうになった政子は、この先生は信頼していいと思った。パソコンやスマホの画面で、ワンタッチでこの換算ができるようになるのは、ずっとずっとあとの話だ。

政子は、三年生になって別のクラスの男子生徒と手紙の交換を始めた。一緒に生徒会の仕事をした間柄で、性格論や友情論、果ては恋愛論まで、お互いにメチャメチャ書いている感じだった。そして政子には、「異性間の友情が成立している」という実感もあった。政子がよく書いてしまう愚痴っぽい手紙に対しては、「甘え続けているのは歯がゆいぞ」「もっと自信を持って」と、何度も返信があった。

そして二学期に入って、珍しくあらたまった文章の手紙を政子は受け取った。

「あの先生も君も、悩みというのが本質的には一つも進歩していないみたいですね。どうしても、あの先生の性格は君とダブるのですよね」

政子は自分のことを内向的で非協調的だと思うが、その教師に対しては、この人はどこかで何かを押し殺している、と思い続けていた。

卒業を前に、政子は進路の決定を迫られた。数校受験した中で、発表がもっとも遅かったのは四年制共学の文学部だった。その合否通知を玄関の郵便受けから出して直ぐに見た政子は、溜め息と苦笑と共にその場に座り込んでしまった。第三希望の仏教学科にしか受かっていなかった。某女子短大の国文科には合格していて、親が入学金を入れてくれていたこともあって、そこに決めざるをえなかった。

卒業式で、会場の体育館から一番の友人とペアで退場できたことは、政子には嬉しくて悲しい思い出となった。式のあとクラス全員でお別れ会をして、残った約半数で二次会もして、帰宅したのは夜の一〇時。親には「高校生活の最後だから」と平謝りして許してもらった。

政子は、「卒業式が済んだら世界史の先生に手紙を書く。この一年間のことを全部書く」と決心していた。一年目から授業を持ってほしかった、学校を創っていく喜びや苦しみを一緒に味わってほしかったという強い思いがそうさせた。横書きの便箋にびっしり七枚、一回限りのつもりだった。が、その教師から予想外の返事が来た。T高校に関すること以外にも、学生時代に母子寮でボランティア活動をしていたこと、政子たちの卒業式の日に出身高校の同窓会名簿が届いていて、気になっていた女性の名字が変わっていたこと、などが書かれていた。

そのままでは終われなくなって、政子は毎月のように長い手紙を出すことになった。大学の通信教育でのヨーロッパ近代史の受講、その教師の影響で見に行くようになった劇団四季の舞台のこと、読むことになった『実録アヘン戦争』『冬の神話』『天平の甍』などの本のこと、冬の丹後半島一人旅、耐えきれないほどつらかった教育実習等々、いろんなことを書いた。が、「高校は母校だが、短大は母校とは思えなかった」の一文が、この教師にも共通していたとは想像できなかった。

京都での大学生活で、あまりいい思い出を残せなかった間城孝彦は、何も決まらないまま卒業した。先輩たちに失望した研究室に残ることなど到底考えられず、いくつか受けた教員採用試験にも全て落ちていた。大阪に戻って高校で講師を続け、三回目にやっと採用試験に受かって府立高校の教員になった。

最初に勤務したのは創設三年目のT高校だった。

第四話

気を遣いすぎる人　南満代

学校祭の締めくくりとしての火を焚いての集い。参加する生徒たちがグラウンドに集まり始めたのに合わせるかのように、空模様が怪しくなってきた。

「大丈夫かなあ、できるかなあ」と空を見上げた担任に、

「先生、なに弱気になってん。強気で行かな」

南満代は横から叱咤激励した。かなり強い言葉が出たことが自分でも意外だった。担任は一瞬、えっという顔をしたが、すぐに嬉しそうな表情になった。

しっかりしているが控え目で大人しい、誰の仕事でもないが誰かがしないとい

けないことを目立たずにやる、それが満代が自ずとつくってきた彼女自身の生徒像だった。実家は鹿児島県の離島で、満代は中学生になる時に家族と離れて大阪に来て、叔母の家から通学していた。叔母は「気を遣わなくていいよ」と言ってくれるが、どうしても遠慮しがちの生活になっていた。だから、高校卒業後の進路を話し合う三者懇談を前にして、

「自分で決めてるんやったら、叔母さんに来てもらわなくても二者でいいよ」

との、事情を知る担任の言葉は、満代にはとてもありがたかった。担任は二〇代後半、高三の担任をするのは初めてだと言った。

満代から見た担任は、教科指導以外に生徒会顧問として頑張っていた。珍しく帰りのホームルームを抜ける日、担任は昼休みに教室に来て言った。

「S高校で、グラウンドでの火の焚き方を教えてもらってくる」

満代で四期生になる大阪府立T高校には、グラウンドで火を焚いた経験のある教師はいないらしい。近くの高校で、その行事の伝統があるのはS高校だという

ことは、満代も中学の友人から聞いて知っていた。学校祭の数日前、放課後のかなり遅い時間に、担任は執行部役員の生徒たちとリヤカーで古い枕木を大量に運び入れていた。その様子を見ていた満代に、

「南海電鉄の資材置き場に行ってもらってきた」

と、聞いてもいないのに担任は説明した。平素あまり見せないその微笑んだ顔に、満代は、この集いを成功させよう、私は必ず参加し協力する、と心に決めた。

大規模なキャンプファイアのような集いが始まった。満代が担任はどこかと捜すと、組まれた枕木の真横に屈んだ姿勢で張りついて火の番をしていた。用意された全ての枕木が燃やされ、イベントは成功した……はずだった。

代休を挟んだ次の日、満代たちが見たのは、コンクリートが破壊されたグラウンド隅の足洗い場だった。イベント終了後、燃え残った枕木に水をかけ、水を張った足洗い場に運んで、生徒も教員も下校した。結構な水をかけられ水の中に沈められながらも、枕木の芯部の熱量がコンクリートに勝っていたのだった。

満代が後に聞いた話では、次の年いくつかの点が見直されていた。グラウンドには何枚ものトタン板が敷かれ、イベント後、水をかけられた枕木は、その日はそのまま置かれた。次の日、生徒会の執行部役員、有志の生徒、生徒会顧問の教師らが登校して後片付けをして、その中には元担任もいたとのことだった。

そして、「パッション」という言葉とは程遠い印象のこの教師が、「火を焚く集い」にこだわり続けることが、満代には謎のままなのだ。

卒業後は親の近くに戻りたかった満代だが、進路の希望は叶わなかった。結果として大阪市内で一人暮し、病院に勤めながら夜は看護学校に通うことになった。寂しさと怖さの中、甘えていては生きていけないという覚悟と、国家試験に合格するという目標が満代の支えになった。

満代がアパート生活を始めて一ヶ月後、やっと「会おうね」という約束が叶って、高三の時の親友が満代の部屋を訪ねてきた。二人で楽しく話しているところへ、いきなり元担任が来て、「忙しい時に使い」と有名ホテルのスープ缶の詰め合わせを差し出した。満代の勤務先でアパートの場所を聞いてきたとのことだった。

いっぱい喋って三人は楽しい午後を過ごしたが、満代にはそれが現実だと信じられなかった。その晩、満代は夢うつつ状態で元担任へお礼の電話をかけた。電話を終えて部屋には戻ったものの、公衆電話までの道もよく覚えていなかった。

卒業して一年後、満代は所属していたコーラス部宛に手紙を書いた。一年下の青山悟子のことが気になっていた。みんなへの「もうすぐ卒業やね、おめでとう」とは別に、悟子には「さっちゃんのクラスの世界史、私の元担任だったんやね。さっちゃん、嬉しかったでしょう」と書いた。間城孝彦なら、生きづらそうだがどこかでそのことを楽しんでもいるような青山悟子の受け皿になっただろう、と思ったからだった。

第五話
悩みすぎる人　青山悟子

「私はブッダか」

青山悟子は名前の「悟」の字に自分でツッコミを入れていた。「さと」と読ませる字なら他にいくらでもある。「沙都」とまでは言わないが、「理屈」の「理」でも、まだその方がましだとも思っていた。

悟子は悶々とするタイプで、あれこれ考えてどうしようもない状況に陥り、その境地を自ら「ツンドラ・タイガ・ブリザード」と称していた。そんな悟子だから、他人に対しては、「あんさんがそれでええんやったら、それでええんとちゃいますか」というスタンスだった。それが、周囲からは「ある種の悟り」に見えなくもないのだが。

悟子は大阪府立T高校の五期生で、コーラス部と文芸部に所属していた。二年の時の担任は生徒会顧問の化学の教師で、化学の準備室には生徒会の相談で社会の教師がよく来ていた。社会の教師は、コーラス部で悟子の一年上の南満代の担任で、三年の世界史と二年の倫理社会を担当していた。授業担当ではなかったが、何とはなしに一緒に話すようになった悟子は、この教師に自分と同じ希少価値的な臭《にお》いを感じ取った。そしてその感覚は、教師の側からも同様だった。

悟子が最初にこの教師に渡した手紙というかメモは、こんな内容だ。

- 興味の対象が自分とダブるというのは、非常に便利な反面キモチ悪いことだと思いませんか

・「波長が合うはずなのに」というのは、分かるようで全然分からないこともある
・漱石の『こころ』で言えば、今のところ先生に対し、跪こうとも足をのせようとも思っていない。ただ同類だろうという憶測で書いているが、これから尊敬するかもしれない。だとしたら、先々足をのせられるだろうから私を避けたいと思いますか
・私は生活指導ではマークされないけれど、きっと一番の問題児。潜在的な非行だから叱られるわけじゃない。おまけに、私を更生させようとする人には、恐るべき時間を使わせてしまう

三年生になってからは、世界史の担当になったこの教師に、悟子は非定期的にメモを書いた。他の人には申し訳なくて書けないようなことでも、信頼と親しみ

込みでコイツになら構わないだろうという、分別のようなものが働いた。

- 「罪悪感を持ってしまう」と口にするのは、「他人からの甘やかし」を求める以外の何ものでもない。「われ思う、しかし、われ見あたらず」、地下帝国でも創造しますか
- 先生は自分の位置を知りすぎてる。出口も入口も知ってんねん。でも出たないから（出られへんから）、出ーへんねん。けど、もー、出られへんでもええと思てんねん。そこが可愛くない
- 私に社会性はあるか。先生に社会性はあるか。先生の類には更生が必要だと思うか

悟子は、この教師が離れた場所から状況の展望はしてくれても、悟子が嵌まっている穴に入ってきて助けてくれることはないとわかっていた。そして、その方がいいとも思っていた。

卒業を前にして、悟子はこの教師から、

「僕が係りになるから、文芸部のメンバーで答辞を書けへんか」

という誘いを受けた。どんな答辞が想定されているかは、聞かなくても悟子にはわかった。悟子は一番に川崎奈津に連絡した。電話口で一瞬沈黙があって、

「乗った」

この一瞬は、奈津がニヤッと笑った時間だと悟子は思った。奈津が続けた。

「でもあとで、文句出るんとちゃう？」

「事後処理は先生に任せて、アタシらはメジャーな道に飛び立ったらえーねん」

「よし」

次々に連絡が回され、メンバーは集まった。しかし、答辞委員会の最初の会議には、なぜか文芸部員以外の男子生徒が一人入っていた。

卒業後の身の振り方にきちんとメドをつけたくて、悟子はこの教師に、「勤める前に書いたものが残っていたら少しでいいから読ませてほしい」と頼んだ。幼児期からピアノを続けている悟子は、少しは名の知れたコンクールでもまずまずの結果を出していた。音大に進むのは当然のことだったが、悟子はチラついていた文学部や社会学部への思いを整理しておく必要を感じていた。数日後、渡されたこの教師の高校時代の文章を読んで、悟子は長いラストメモを書いた。

- よく今まで変わらなかったなぁ、の感あり。今、先生が存在していることに、我が身の相対的な安全保障を感じたりもした

・今、内にこもる過激の傾向の先生が、昔はもっと外に出す過激だったことにちょっと驚き、どこか安心した。ただ、先生の根の張った性質には、もう負けます

・私は、つまらない事に神経質に気づいてしまう。周囲はそれを「感受性が強い」と評するが、言い換えれば「斜めに見る」ということなのか。だとすると、先生も「感受性の人」？（誉め言葉なのか、貶し言葉なのか）

・先生の言葉の定義、例えば「事実と真実」「解ると悟る」の違いの説明は見事でした。先生は「解る」へ、私は「悟る」へ歩いていく感じです。先生が大人に見えるのは、歴史の研究という先生にとっての表街道を捨て、「裏街道を行く」と腹を決めたところがあるから。私は、ピアノという私の表街道に未練たっぷりです

・私のいろんな質問に対して、こじつけてでも一応答えるべきだ、という先生の気遣いに感謝します。一〇年前の先生とも話してみたかったです（不

毛×不毛　になりそう）。ずっと「先生」と書いてきましたが、気持ちとしてはずっと「せんせい」でした

青山悟子が使った「裏街道」と「表街道」という言葉は、間城孝彦に小学校からの同級生のことを思い出させた。間城とは違って「表街道」を歩き続けるはずだったその生徒は、高校を途中でやめていた。

第六話
万能すぎる人　根谷久人

高三の夏休み、根谷久人は大阪府立M高校へ退学届を出した。五月の連休のあと、久人は学校へは行っていなかった。M高校は府下でも有数の進学校のはずだが、文系クラスを選んだのが間違いだったのか、「何でコイツらはこの程度なんだ」という周囲との違和感は、久人にはどうしようもなかった。誰にも会いたくなくて夏休みの遅い時間に学校に行ったのだが、小学校から一緒の間城孝彦が登校していた。

「やめてきた」

「ずっと来てなかったよな。でも、何で？」

「オマエには言うてもわからんと思う」

「僕が止《と》めることではないけど、やめてどうすんの？」

「さあ、たぶん大検でも受けると思うわ。勉強はしたいよって」

久人と間城は、中学で成績では学年のトップを争った間柄だが、間城は運動がからっきしできない。小学校のマラソン大会では、久人は学年のトップで間城はビリだった。ルックス的にも自分も少し変わった顔だとの自覚はあるが、一〇人中八人は自分に軍配を上げるだろうと久人は思う。それに、久人は中学で生徒会長も経験していた。だが、成績以外では取柄のなかった間城が高校では生徒会の執行部役員をやり、今は忠告委員長というM高校独自の、国政で言うと司法に当たる仕事をしている。

(相変わらずパッとしないが、なぜ間城は躓かないいんだ)

久人は思う。

(自分には決定的にダメなところがあるという自覚があって、それと比べると大抵のことはたいしたことではないと思えてしまうのか。だとしたら、何でもできてきた自分の方が、ちょっとしたことに対応できないということなのか)

久人の思考は、その辺をグルグルする。

中三の十二月、久人は周囲の同級生に、「俺に、年賀状出してくれ」と言い回った。

「なんで、出さなあかんの」

「早々に賀状を頂きありがとうございます、っていう、あの返事を書きたいねん」

「そんなん、いらんわ」

そんなやりとりが何回も繰り返された。久人には、「自分にはそれくらいの上から目線は許される」という自負があったのだが、元日に年賀状はほとんどなかった。でもなぜか、直接声をかけていない間城からの年賀状が来て、久人は予告通りの返事を書いた。

三学期の始業式の日、久人は間城に一応お礼を言った。間城は経緯をそのまま両親に話したと言い、父には「面白いこと、やってんなあ」と言われ、母にはこれ以上はないという呆れた顔をされた、と久人に告げた。

中学の卒業式、久人は答辞を読むはずだった。だが、高校入試を前に少し心が不安定になり、辞退を申し出た。答辞は根谷久人、卒業証書は間城孝彦、卒業記念品は中野雅恵で卒業式のキャスティングは完璧だと考えていた学年主任の西川は、間城を呼び出した。西川の担当教科は理科で、背が低く生徒からは「白衣が歩いている」とからかわれていたが、そつなく学年運営をしているつもりだった。

「卒業式やけど、卒業証書と答辞の係り、交代してくれへんか」

「何でですか」

「根谷が、答辞は無理って言うてる」

「アイツやると思うんで、もう一回言うてください。それでもやれへんってことなら、卒業式で根谷に何もなしっていうわけにもいけへんと思うんで、卒業証書の係りは彼にしてください。その時は答辞は他の誰かでお願いします」

「やるかなあ。まあ、もう一ぺん言うてみるわ」

そう答えながら、西川は二人を恨んだ。

（根谷も間城も成績はいいのに、いや成績がいいからか、何でこんなに厄介やねん。悩ませやがって）

そして、答辞は生徒会の副会長経験者に頼んで、間城の役割はそのままにした。そんな裏事情は、久人も含めてほとんどの生徒は知らないまま卒業した。

根谷久人のいない高校の卒業式、間城孝彦は卒業式委員会においてまとめ役だった。

一人の生徒が、「自分が作詞作曲した曲を『卒業の歌』として歌いたい」と言い出していた。

「自分たちの歌で卒業したいと言うてる生徒がいてるが」

係りの教師は委員会に話を丸投げした。間城は、どうしたものかと考えて、その生徒の友人が歌っているテープがあったので、各クラスで流して賛否を問う、という方向に話を進めた。間城がそのへんの段取りができたのには、何度かの生徒会役員の経験が役立っていた。オリジナル曲への賛成は、反対をわずかに上回る程度だった。が、その数をもっての委員会の場で、

「この曲で大丈夫か」

「これに決めるのは失敗やで」

「普通にオーソドックスな歌の方が、ええと思うぞ」

教師たちの心配や反対の声が相次ぐ中、

「数で、いきます」

短い言葉で間城は断言した。

(話を振ってきておいて、ぐちゃぐちゃ言うなよ。アカンならアカンと、アンタ

らの責任で言えよ）

間城の正直な思いだった。

答辞に関しては、文章は委員会のメンバーの合作だったが、かなりの部分を間城がまとめて、読み手は生徒会長経験者になった。中学での経験から、間城にはそうしたい、そうしないといけないという、強迫観念のようなものがあった。

卒業式当日、間城は単に一人の卒業生として式に参加して答辞を聞き、自分たちの「卒業の歌」を歌った。ほんのちょっとだけ、今日の俺は津上みたいだ、と間城は思った。井上靖の小説『闘牛』に出てくる津上は、間城の憧れだった。この先、学校の歴史に残るとしたら、作詞作曲した生徒と初めに歌った生徒の名前だけだろうが、間城は「それでいい」という人間だ。ただ、一方で間城はこんなことも考えた。

（一人くらい、自分がこの状況をつくったことと、そしてどんな思いでいるかをわかってくれる人はいてほしい）

根谷久人は、大検を経て地方の国立大学の医学部に入った。卒業後、大阪には戻らず、そのまま精神科の医師として勤めることになった。四〇代に入り、連絡先を調べたのだろう間城から「高校の学年同窓会に来ないか」と電話があったが、久人に出席という選択肢はなかった。

第七話　追求しすぎる人　池田純

大阪府立S高校では、どこの学校でもよくあるように、生徒と保護者向けに「学年だより」が出されていた。学年初めの号は担任団の自己紹介だ。二年生なら例年、ほとんどの教師が「修学旅行を成功させよう」「S高祭やクラブ活動の中心となって頑張ろう」「来年は受験だから今年は思う存分何かに熱中しよう」といった類のことを書いていた。そんな中で池田純の担任の欄だけが、春休みに読んだ本の感想だった。癌で亡くなった姉のことを書いた古舘伊知郎の『えみちゃんの自転車』を取り上げて、「あんなすごいことを、あんなに淡々と語れるようになったらいいなと思います」と書かれていた。担任が同世代の古舘アナのプロレスの実況にハマっていたことは、授業の中にちらほら出てくるプロレスのネタから、純にもよくわかった。純もプロレスはたまに見るが、古舘アナはリング上のことはテレビ画面を見ればわかるだろうとばかりに、その日の会場となっている土地について、「かつてこの地では……」と、滔々とその歴史を語っていた。そして、「一説には〇〇とも言われていますが、いや、それは私が勝手に言っているだけでありますが……」

と、好き勝手に喋っているようだが喋っている内容の責任は自分にあるという、プロとしての覚悟を曝け出していた。

三年生になると、各担任からの一言は「受験に向けての心構え」一色になる。「継続は力なり」「この一年は短いよ」「前向きの姿勢で」「自分に厳しく、負けずに」「一年後、後悔しないように」といったフレーズの渦の中で、二年続けて純の担任になった教師の言葉はこうだった。

「見えない不安、見えたら恐怖、どちらも怖い。不安な人は恐怖にしてしまおう。逃げるもよし、迂回するもよし、立ち向かうもよし」

その頃の純は、ヒップホップと呼ばれる音楽や動きの速いダンスに惹かれていた。ほとんどの授業には興味が持てず、他のことを考えたり、ウトウトしたりが多かった。急に立ち上がったり席を離れたりもしたので、教師たちから嫌がられていることも承知していた。親からも「おまえのことは諦めている」と言われていた純だが、担任だけは、好きなことには集中する純を認めていた。

純は放送部の先輩から、担任のことをいくつか聞いていた。現在大学生のその先輩も高三の時に純と同じ担任で、卒業式では名簿を持たずに五〇名近い生徒の名前を一人一人の顔を見て呼んだこと、生徒一人一人への一言を一覧表にして配ったこと、その中身がクラスにどんな人がいて、その年にはどんなフレーズがよく使われていたかの両方が思い出せるようになっていたこと、等々。

興味を持った純は、先輩に頼んでそのプリントを見せてもらった。ニュース、音楽、ドラマ、映画、漫画、アニメ、コマーシャル、小説など、いろんなジャンルから集められたフレーズが各生徒に当てはめられていた。

＊

（注　生徒名に代えて出席番号、○○は生徒の名前）

いつまでも、あなたの心に（オールウェイズ）

男

1　生徒会のペレストロイカを地道に支える代議員

2　ワニ男は、大胆そして繊細

3　姉さん、事件です（表情が髙嶋政伸に似ていませんか）

4　ざまぁKANKAN！（横顔が山田雅人に似ていませんか）

5　望む、遅刻バスターズ（こう多いと注意するのも「あーやんなっちゃった」）

6　手塚治虫ワールド（科学少年か博士を連想させませんか）

7　まじめ×ゆかい＝おぼっちゃまくん（後期の学級委員長立候補に拍手バイ）

8　あなたの心（やさしさ）に入りたい

9　二四時間タタカエ（ベルリンにならい壁を越えよ）

10　国民的美少年（直線の旅ばかりしていませんか）

11　短ランの下の劇場（ハンパだったら認めないよ）

12　人に新しいストーリー（「○○君、勇気をあげる」）

13　（血ヘドを吐いても）勝手にしやがれ　ヘイ！　ブラザー

14　もっとがんばればもっとできる

15　「マンガですか？」「何ですか、あらたまって」

16　髪型選択の自由、アハハーン

17　見られてますよ、あなたの態度……（○○さん改造講座）

18　熱血自転車通学宣言（夢の中へ、捜し物は定期券）
19　いけない男子校物語（ジョー、燃えろ、燃えてくれ）
20　「海が　見たい」（さすらい○○旅情編）
21　あ、うん
22　あなたにマジメ
23　（長良）川の流れのように（美空ひばりがいなくても○○君がいる）
24　私のあしながオジタリアン
25　おまえがトラブル

女

1　やわらかアタマしてまーす（か？）
2　バレー部の彼女はデューダしなかった（バレー部に戻った）
3　ききわけのある天使達（そろそろ大人の○○です）
4　（時々、一限に）アラララ、なんだ、○○来てないんですか

5　きてます、きてます、ボイスパワー

6　展覧会の絵（モディリアーニの絵を連想させませんか）

7　たくわん・つけもの・ふじっ子・ワーキングガール

8　（かわいらしく）チンプイ

9　（白鳥麗子風に）〇〇でございます！（目指せマドンナ）

10　「〇〇、がんばるわねぇー」（「結婚」「分かりません」）

11　私はすぐにボヤキタガール

12　ちょっとアブナイこの女、いったい何者⁉

13　その女、無口につき（でもないのかなぁ）

14　おしとやかなのか活発なのか……はんぶん不思議

15　彼女（紀子《のりこ》）が（きこ）に読みかえたら

16　いつも誰かに恋してるッ（主演は、りえ）

17　素足で海岸を歩く、イッツ　ハー　スタイル

18　七月八日に生まれて（四日に一番近かった人）
19　私はドライです（「NO」と言える○○）
20　あったかさスーパーサイズ
21　○○の銅メダル（クラスマッチで部員以外にもバスケの上手い人がいた）
22　けじめつけさせてもらいます（しきり屋○○事件帖）
23　ようこそ、（ちょっとそり身の）白い妖精たちの森へ

担任　多少難あり、一見、生徒ハラスメント
（でも）ハッキリ言って言葉遊びが自慢です！
（トラック追いかけなくてもいいけど）忘れんなよナ

一九九〇年　三月

＊

先輩が言うには、名簿を持たないことについては、前任のT高校でそれをした教師を初めて見た時、「何すんねん。間違えたり飛ばしたりしたら、どうすんねん」と批判的だったらしい。が、S高校に来て、「やる奴がおってもええんちゃう、いや、やらなあかんちゃう」と、考えは変わったという。通勤電車の中で指を折って出席番号を確認しながら、ブツブツと生徒の名前を繰り返す担任の姿を純は想像した。

純たちの卒業式当日、名簿なしでクラス全員の名前を無事に呼び終えた担任は、フーッと大きな息を吐いた。マイクがしっかりその音を拾った。式が終わって会場の体育館を出る手前で、クラスの先頭を行く担任に列の一番後ろから純が声をかけた。

「先生、そこで止まって。後ろ向いて！」

打合せ通り、クラス全員がそれぞれ手に小さな花束を持ち、順々に担任に渡して教室に戻った。抱えきれないほどの花束というサプライズに、担任は戸惑ったような「ありがとう」の表情と、進行を遅らせてしまったからか「ごめんなさい」の表情を見せた。

教室での最後のホームルーム。

担任の間城孝彦は、教卓から一冊の絵本を取り出して読んだ。シルヴァスタインの『ぼくを探しに』。

期待していた一言の一覧表がないのは残念だったが、担任らしい本だと純は思った。

第八話
考えすぎる人　山上容子

「学校って、行かなあかんの?」

自分への問いかけは常に頭の中にあった。一人でいることも苦ではない山上容子は、大阪府立S高校二年の時、学校を休みがちだった。各教科・各科目を学ぶことにどんな意味があるのか、いくら考えても答えは出てこなかった。担任は担当教科が体育にしては優しすぎる男性で、容子のことを心配してよく声をかけていた。

容子がずっとあとで知ったことだが、この教師は後に支援学校に異動していた。その方が合っているかも、と容子は思った。

「日本史の清寺先生のとこへ行って、話しておいで。ちゃんと聞いてくれる先生やから。女性の先生の方が話もしやすいやろし」

担任が相談係りの教師の名前を口にした。学校には、しんどい思いをしている生徒の話を聞く係りの教師が何人かいる。そういえば、現代社会の担当だった教師も、自分もその係りだと言っていたことを、容子は思い出した。

放課後、社会科準備室の引き戸を開けると、「入っといで」と、部屋の奥から気さくな声がかかった。

容子が持った清寺の第一印象は、シャープな顔つきだが目は優しそう。そしてあまり関係のないことも思った。

(こんな芸人さん、いてなかったっけ)

最初の「担任の先生、心配してるよ」の一言以外、容子の話すことを清寺が聞いて確認をしていくという形で、会話は進んだ。

一五分くらい経って、少し離れた自分の席にいた現代社会の教師が近くに来て、二人に対して言った。

「この子はね、大丈夫ですよ」

「何で？」

間を空けずに清寺が聞き返した。

「僕の授業で、顔、上がってたから。僕の話を、聞いてたから」

そう言ってから現代社会の教師は容子の方を向いて、

「おまえ、欠課時数オーバーで単位落とすようなアホなこと、せえへんやろ。ただ、ほんまに体調悪なって休まなあかんこともあるから、その分の余裕だけは見とけよ」

それだけ言うと自分の席に戻って行った。その後、もう少し清寺と話をして容子は準備室を出た。

（あの先生、私のことわかってくれてるみたいやけど、やっぱりようわからんわ）

割り込んできた現代社会の教師のことで、容子の印象に残っているのは「青年心理」の単元で、親や教師を四つのタイプに分けて子や生徒との関係を説明した授業だった。黒板に縦横の線を引き、縦軸の上は「支配」で下は「服従」、横軸の右は「愛情あり」で左は「愛情なし」。四つに分けられた面についての説明で、

右上は「支配・愛情あり」で、あれこれかまう干渉型。

右下は「服従・愛情あり」で、何でも言いなりの溺愛型。

左下は「服従・愛情なし」で、勝手に好きなようにしろという放任型。

左上は「支配・愛情なし」で、言うことを聞かなければシバくという残忍型。

それぞれの程度の差はあるので、自分の親や気になる教師の座標を考えてみようという話だった。そして教師は自分のことを例に挙げて、

「まさか君らの中で、僕の愛情を感じるという人はいませんよね。それと、うるさくは言わないから、弱い放任型かなと思うでしょ。でも、君らが自主的に動くことこそが僕の思い通りだとしたら、どうなりますか？　残忍型かもしれないで

すよ」

と、得意気に喋った。

その次の時間は「自分を知ろう」のテーマで、簡単な心理テストだった。いくつかの質問に答えて自分で数的処理をして該当する説明を読む、というやり方だった。もちろん回答用紙の回収などなく、ここでも教師は自分のケースを例として挙げた。ただ、あまりにも「この先生なら、こんな結果やろうな」になっているのが、容子には気になった。

「こういうのは、あくまで参考です。当たってると思うもよし、全然違うわと思うもよし、です。それと、誰かになったつもりで、その人なら質問にこう答えるやろうな、でやってみるのも面白いですよ」

この教師はそんな掟破りのことも平気で言った。

（この先生は手の内を見せているようで、実はそうではないのではないか）

容子は理解しかねるのだった。

容子のいなくなった準備室では、こんな会話が交わされた。

「先生に、あんなふうに言ってもらえて、あの子、嬉しかったやろなあ」

「何で？」

「何でって、信頼してもらってるって、わかるやん」

タメ口で話すこの二人、清寺美佐子と間城孝彦は同じ昭和二九年生まれだ。だから、同じ年齢で同じものを見聞きしている。何かにつけ学年の中では少数派で、中学生でアングラソングやプロテストソングに強い影響を受けたことも一緒だった。「そんな歌、誰が知ってんねん」という歌でも、二人の間ではわかり合えた。

間城の容子への言葉は、おそらく多くの教師にとって許せるものではないのだろうが、清寺の気持ちの中には抵抗なくストンと落ちた。高校はそれぞれ学区のトップ校、大学も一流とされる大学、思考パターンは、二一世紀には間違いなく「発達障がい」に分類される二人だ。

一年後、卒業とまずまず有名な私立大学への進学を確保した容子は、その報告に社会科準備室に行った。現代社会の教師が、

「おめでとう。ほんまに自分の勉強したいこと、探しや」

と言った。それを聞いて容子は、もしかしたら、この先生は自分はそれができなかったのではないか、と思った。


間城は間城で、容子に言葉をかけながら、「教師面して、自分のできなかったこと、しなかったこと、よう言うてるわ」と認めていた。頭の隅っこには、T高校で担任をした生徒からの「あなたがやたらと教師じみていくのが、すごく嫌だった」の的確な一言と、授業を担当した生徒からの「真人間にならないでください」の辛辣な一言があり、彼女たちに「ごめんな」と間城は心の中で繰り返した。

第九話

こだわりすぎる人　間城孝彦

小学校の卒業式が済んで講堂から出た時、六年四組の一人の男子児童が「バンザイ」と両手を伸ばした。多数派ではなかったが、間城孝彦も同じ気持ちだった。「これで担任とはサヨナラできる」という、複雑な嬉しさだった。担任の教師は強圧的で、自分のクラスから灘中学など有名私立に合格者を出したい、というタイプだった。だが成績や順位が大好きな割には、授業内容は頼りなかった。

卒業式を前にして、

「服装は中学の制服でいい、男子の頭は丸刈りでいい」

と担任は言った。当時、孝彦が住んでいた大阪府の南部では、ほとんどの市の中学校で男子は坊主頭と決まっていた。「小学校を卒業するんだから、それは違うやろ」と、孝彦は普通に散髪をして、ごく普通のセーターを着て卒業式に出た。担任への反発の意思表示だった。

中学の卒業式、孝彦は学年の代表として卒業証書を受けた。「壇上での校長までの歩数は三歩で」と言われていた孝彦だが、一歩目を大きく踏み出して二歩になっていた。卒業記念品を受けた中野雅恵は、よく通る声で返事をして壇上での動きもスムーズだった。自分の席に戻った中野は、緊張から解放されたのもあったのか、その後は式が終わるまで大声で泣き続けた。

高校の卒業式の日、ＰＴＡの謝恩会に出て帰宅した母が孝彦に言った。
「こっちがお礼を言わなあかんのに、何人もの先生からお礼を言われたよ。アンタのお陰でいい卒業式ができたって」

嬉しそうな母を見て、親孝行にはなったのかな、と孝彦は思った。孝彦には、卒業式の委員会のまとめ役として裏方に徹した卒業式。高三で退学した小学校からの同級生のいない卒業式だった。

大学の卒業式は、孝彦にとって文字通りの卒業証書授与式でしかなかった。学長から各学部の代表への卒業証書授与が終わった時点で、けっこうな数のヘルメットの人たちが壇上に立って学長を取り囲み、卒業生への話はさせなかった。式はそこで打ち切られた。学部の窓口で卒業証書をもらって、「四年前とバランス取れてるやん」と、孝彦は笑うしかなかった。この学年の入学式は設定すらされていなくて、窓口で書類を受け取るだけだった。「そんな時代だった」と言ってしまえば、それで終わってしまう。孝彦は、大学の卒業アルバムすら購入していない。

第九話　こだわりすぎる人　間城孝彦

大阪府立T高校で三年生の副担任だった時、卒業式の役割分担を決める学年会議で、孝彦は「答辞」の係りに立候補した。成り手がたぶんいないことを見越しての立候補で、全て任せてもらうという条件を付けた。孝彦の中では、答辞を作成するメンバーは決まっていて、その生徒たちの了承も得ていた。学校をはじめ周囲に対して、言うべきこと・言いたいことをきっちり言って卒業する、それがコンセプトだった。この提案に乗ったのは文芸部員たちで、彼女たちがしっかり物事を考えていることは、平素の言動や部が発行する雑誌からも明らかだった。が、この孝彦の悪だくみ（?）に気づいた教師が一人いた。ひとクセもふたクセもあるその数学の教師は、答辞作成のメンバーに優等生タイプの男子生徒を一人追加した。

「女子ばっかりより、その方がええやろ」

そう言われると、孝彦も反論はできなかった。

答辞作成が進む中、さすが文芸部というところを彼女たちは随所に見せた。表向きはごく普通の文章なのだが、よく読むと、そこにはいろんなことが書き込まれていた。答辞を読むのは誰に頼むか、彼女たちが白羽の矢を立てたのは生徒会の副会長経験者だった。原稿を読んだ彼は、すぐにその意図を読み取って、彼女たちに確認した。彼に頼んで正解だ、と孝彦も思った。孝彦には「答辞を読むのは生徒会長経験者」というこだわりがあるのだが、今回は何も言わなかった。生徒会長経験者は、この答辞を読むにはあまりにも純粋すぎたからだ。

何事もなく卒業式は済んだ。

「あんた、言いたいこと全部言うたんちゃうの、僕は聞いててそう思ったよ」

ただ一人、答辞についての感想を孝彦に言ったのは例の数学の教師だった。

平成最初の年、大阪府立S高校では卒業式を前にして、「日の丸・君が代」をめぐって職員会議で活発な意見が交わされた。議論の経緯も含めて、孝彦は思うところを短編小説風にまとめた。他の何人かの教師の書いた文章と一緒に、それは小冊子として生徒にも提示された。

＊

小説「フラッグ泥棒」

Ｓ高校で社会科の教師をしている私のところへ、二日前、一通の封書が届きました。中にはメモと遺書が入っていました。

―メモ―

あなたは僕や僕を取り巻く人々のことをネタにして、自分の拙い授業の時間つなぎに利用した。だから、あなたには罪滅ぼしとして、この僕の遺書を公表してもらうことにした。

―遺書―

デパートの風呂敷売場で売られていた僕は、一月七日、S高校の玄関に掲げられた。僕を降ろそうとする人がいて、その人に、

「こらっ!」

と一喝する人がいて、僕はもう一度掲げられた。

僕には、お子様ランチのチキンライスの上に立つ友人がいるが、彼の口癖は、

「真っ先に僕を引っこ抜いてポイする子もいるし、最後まで僕を倒さないように、周りからチキンライス崩しをする子もいるよ」

その彼に今日のことを話すと、彼はぼそっと言った。

「大人も子どもも、おんなじことしてるね」

僕には、そんな人間の行動が愛おしくてしかたがない。

校長先生へ

あなたは、教育委員会から言われて、職務として僕を掲げるのだと会議で説明した。でも、それでは、僕にとっては悲しすぎるのだ。状況とか保身とかではなく、あなた自身の僕に対する気持ちでもって、僕を掲げるかどうかを決めてほしいのだ。

教職員組合幹部の先生へ

あなたは一貫して僕を掲げないように主張した。それはそれでいいのだけれど、そのあなたが、僕のことを「国旗」と呼んでたいして抵抗も感じていないとなると、僕としては戸惑ってしまうのだ。

僕を降ろそうとした先生へ

あなたは、僕についてもっともっと皆で話し合おうと発言した。それは僕も望むところだ。僕は俎の上に載ってもいい、いや、載らなければいけないとも思っている。でも、話し合う前に僕を乱暴に扱うのはやめてほしいのだ。

口幅ったいけど、僕は「国旗」になってもいいと思っている。

（自分のスッキリしたデザインや、小さい子でも赤いクレヨンさえあれば描けることには、ちょっとばかり自信もあるんだ）

でも、その時には二つのことをわかっておいてほしいんだ。僕の仲間がそうであったように、戦争の時に僕も使用されているということ。国旗とする以上は、皆で僕を大切にするということ。

僕は、僕を取り巻く今の状況に失恋している。今のままでは、僕はどうしていいかわからない。だから、自分のプライドを守るために、僕は死を選ぶ。

遺書はそこで終わっていました。そして昨日、S高校の校舎の屋上から、一枚の布は舞い降りました。

私は、すぐに遺書を公表しました。そしたら、です。昨夜、市内のあちらこちらで、日の丸の旗が相次いで盗まれるという事件が起こったのです。そして、どうやら犯人は、私が勤務するS高校の女子生徒の二人組らしいのです。天皇が亡くなり、ラグビーの全国大会の決勝戦ができなくて、「やりたかったけど、仕方ないです」という高校生のコメントが返ってくる、そんな物分かりのいいご時世です。それこそが怖いと思っている私は、彼女たちの奇怪な行動に期待しているのです。

いったい彼女たちは、何をどう考え、どうしようというのでしょうか。彼女たちが全ての日の丸の旗を盗み終えて次の行動を起こした時、機会があれば私はこのお話の続きを書こうと思います。

（そう、身投げした日の丸君が彼女たちに助けられていたら、そのうち、手紙か電話で何か言ってくるかもしれませんしね）

おわり

チキンライスの例では、孝彦は会議で校長に質問もした。

「一緒にファミレスに行かれて、もし先生のお孫さんが真っ先にお子様ランチの旗を引き抜いたら、注意されますか？　それは最後まで大切に立てておくものだよ、と言われますか？」

「それは……悩ましい問題ですね」

苦笑いして、少し間を置いて校長はそう答えた。

＊

四〇歳を過ぎて孝彦は大阪府立の支援学校に転勤していたが、その頃の「日の丸・君が代」に対する校長の立場は、「卒業式の象徴として掲げる、歌う」だった。

孝彦と同世代の国語の教師が、

「象徴という言葉の、ここでの意味が今一つよくわからないんですが」

と会議で質問したが、教育委員会からの指示通りに説明しているだけの校長の答えはなかった。同じ会議で、孝彦は観点を変えて発言した。

「君が代を喫煙に置き換えて考えられませんか。君が代を歌いたい、歌いたくない、聞くのも嫌だ、は、煙草を吸いたい、吸いたくない、煙も嫌だ、になります。今日《こんにち》の人権に対する考え方では、嫌煙権が認められるようになって喫煙は喫煙室です。だとしたら、君が代はカラオケルームで、になると思うんですがどうですか?」

この質問にも答えはなかった。

会議後、先の国語の教師が、

「よう、あんなこと言うわ。校長の顔、カンカンになって怒っとったで」

と、孝彦に耳打ちした。孝彦は、この教師が質問した象徴という言葉について、いつもの癖で自分なりに思うところを文章にまとめた。

＊

ミッキーで考える「象徴」

「象徴」の具体例として納得しやすいのは、世界のミッキーだと思う。ミッキーは他のキャラクターたちと仲良しで、その言動は「愛、ロマン、勇気、友情」といった抽象的な概念を、小さな子どもにも何となくわからせてしまう。それは私が子どもの頃、宇宙に向かって手を振るかのような昭和天皇を見て、「平和」を連想したことにも通じる。

卒業式での「日の丸・君が代」に関して、管理職から「象徴として必要」といった趣旨の説明があった。引っかかるものがあった。ミッキー抜きの作品だと主役を張る他のキャラクターも、ミッキーが一緒だと脇役に回ることが多い。ミッキーに唯一問題点があるとすれば、象徴であるがゆえに主役になってしまう危険性だ。

「卒業式の主役は子どもたちであるはずなのに」との思いが、引っかかりの理由だった。

平成の天皇は、平和を求め主権者としての国民に寄り添う立場を表明している。気がかりなのは、その声を聞こうとせず、「主役は俺」のスタンスで税金を私費のごとく使用する政府の面々だ。

第十話

応援しすぎる人　吉野正夫・誠子

定年退職後、間城孝彦は非常勤での学校勤務を数年は続けるつもりでいたが、三年目が終わった時点で契約は打ち切られた。

その後は、近くのボウリング場でのシニア世代のクラブや、地元の手話サークルや川柳会に参加している。一人で高齢者用マンションに住む母親が九四歳になり、その様子を週に二回見に行くことも間城の生活に組み込まれた。そんな中、何か残せるものはないかと間城は文章を書き始め、本を出版することにした。手話サークルの機関紙の最初のページは順番に担当するので、間城は自分の番の時にそのことを書いた。

＊

初めての、そしておそらく一回限りの出版体験

七月に本を自費出版しました。内容は、自身の学生時代から学校勤務時代を経て、定年後の状況までを自伝的小説として綴ったものです。退職後、手話の講座に通ったこと、このサークルに入っていること、なぜ手話の読み取りが全然ダメなのかを自分なりに考えた理由、等も書いています。

昨年春に、某出版社が主催するコンテストに原稿用紙で八〇枚ほど書いて応募しました。全然ダメだったのですが、秋になって選考の下読みに参加したという企画担当の方から、「作品の講評を送るので、よければ自費になりますが出版しませんか」という連絡がきました。こちらの意図をちゃんと汲み、ダメな部分はダメとはっきり指摘した講評でした。信頼できるかと思い、大幅に書き直したり

書き足したりして、年末に原型ができて出版契約に至りました。今年になって編集の方がついて、二回の校正で細かな部分の修正をして、六月に、予想以上の装丁の本が完成しました。校正で一番「なるほど、そうか」と思ったのは、自分のことを書いているのでどうしても文章が一人称になりがちなのを、小説なのだから三人称で書かないといけない、と入った訂正でした。

出版社のホームページやインターネットの書店で検索可能です。市の図書館にも寄贈の形で一冊入れていますが、本館二階右隅の市の関連図書のコーナーに埋もれています。分館からの取り寄せも可能ですので、よかったら借りてください（というか、借り手がいないとリサイクルに回されてしまいそうで……というのが本音です）。タイトルは『この街　出て行けず』、カバーイラストは上の息子が描いています。

＊

同窓生や元同僚への送本には、間城はワープロ打ちの手紙を一枚付けた。少し自虐的な文章になったのは、照れ隠しの裏返しだった。


「突然、何を送ってくんねん」だと思います。すみません。

自分がいかに「あかんたれ」で、そのくせ「後先考えない言動」をとり、時にそれが「予期せぬ、他人にはありえない結果」につながり……といったことをまとめておきたくなりました。と言いながらフィクションの形をとり、自分では語らず（語れず）、周囲の人との関わりや、周囲の人の目を通してという構成です。

コロナ禍で旅行にも行けず、「まあいいか」と、自費出版などという無謀な無駄遣いに走ってしまいました。ご笑納、ご笑読ください。

カバーイラストは、エピローグに少し出てくる上の息子が「こんなん高校生の文章や」と言いながら、原稿を読んだイメージで描いてくれました。下書きで貰った粗い線が、「あがいてる感」があって気に入ったので、そのまま使わせてもらっています。私にとっては、変わりたい象徴＝旅に出るカバンと、変わりたくない象徴＝ここで大切にし続けたい卒業証書です。

二〇二二年六月

間城孝彦

徳島県板野郡に住む、高校の同級生だった吉野正夫・誠子夫妻のもとに、一通のスマートレターが届いた。差出人は高二で同じクラスだった間城孝彦、中には本が一冊と手紙が一枚だった。

間城のあがき続ける半生を小説風に綴った一〇〇ページ足らずの本の中には、正夫も誠子も登場していた。まず誠子が読んで次に正夫が読んだ。二人とも一時

間もかからない一気読みだった。読み終えて正夫がポツンと一言、
「ウレシイヨナ……」
「何が？」
「ボクラノコト、カイテクレテ」
誠子の気持ちの中で、正夫の言葉はなぜかカタカナに変換された。誠子も同感だった。
正夫と誠子、それと徳島県に関係することでは、
•修学旅行の帰りの夜行列車で、正夫が「僻地の医者になる」、間城が「高校の教師になる」と真剣に語り合い、それを誠子が横でしっかり聞いていたこと
•大学生の時、阿波踊りを見るのに間城が正夫の下宿を訪ねた際、次の日に一緒に吉野川の雄大な景観を見たこと
•数年前、クラスの同窓会に久しぶりに顔を出した間城が、「正夫がかかりつけのお医者さんなら、患者さんは安心感があるやろうな」と思ったこと

・大塚国際美術館に関係する間城の切ない思い
　などが書かれていた。その同窓会のあとでやりとりした手紙に誠子が書いたこ
とも三行ばかり引用されていた。高校の現代国語の時間に誠子が書いた詩に、誰
が書いたものかわからないまま間城は関心を示していたが、その同窓会で誠子は
自分が書いたものだと明かしていた。

「作品の中で一番の感動は？　と聞かれたら、私は、智衣さんの手紙です。智衣さんって何？　誰？　影の作者？」

　誠子の感想は葉書一枚には収まらず追加の二枚目の表半分にまで綴られて、正夫からの一枚と共に間城に届いた。

　正夫は気恥ずかしさもあったが、間城の本を勤務する診療所の待合室に置いた。誠子は土曜・日曜に手伝っている町立の図書館に、間城の本を寄贈の形で入れて、友人や知人に借りてくれるように積極的に声をかけた。二作目を期待しているこ

と、応援していることも二人して間城に告げた。

間城の本を受け取った時、清寺美佐子は退院後の自宅療養中だった。寝たり起きたりを繰り返し、少し歩くとふらつきもした。還暦を迎える頃から、美佐子の体調は良くなかった。定期健診で精密検査が必要と言われ、その結果は手術を見据えての即日入院と、悪い方の予想以上だった。

手術は無事に済んだが、入院中はテレビを見る気にもなれず、何とはなしにつけていたラジオでは、六〇年代後半のフォークソングの特集が流されていた。中学生で聞いていた、反戦や社会の底辺の人たちをテーマにしたフォークソングは、美佐子にとっては今の自分の基礎とも言える大切な歌だった。そして、かつての職場で一人だけ、その話ができた同い年の同僚がいたことを思い出していた。

周囲には気丈という印象を与えてきた美佐子だが、タイミング的なこともあって、間城の自伝的小説には素直な気持ちで向き合うことができた。少し無理をして、美佐子は近況報告も含めて間城への感想の手紙を書いた。追伸には、「懐かしさゆえに勝手に書いているので返事は無用です」と書き添えた。それが本心だったのか、本当は間城からの返事を期待してのことだったのか、美佐子にもよくわからなかった。しばらく待つ日が続いたが、返事はなかった。

「間城のことだから、あえて文面通りにとったのだろう。次の年賀状に一言書いてくるくらいかな」

美佐子は納得することにした。

（一冊の本という形は作ったが、まだまだ自分の中に燻っているものがある）

間城孝彦はそう思う。本を送った友人や少し上の先輩たちは、どんな時代にどんなふうに生きてきたかに共感を示した。担当した生徒たち——と言ってもいい歳のオジサン・オバサンになっているのだが——は、彼らが知る以前と以後の間城の在り方を面白がった。間城の自分への思いを読むことになった中野雅恵は、

「何回も読み返しました。主人公の生き方は、華やかではないかもしれないけれど、真っ当で立派だと思いました」とのコメントを、出版社への愛読者カードに書いた。吉野夫妻の他にも、社交辞令も含めてだろうが、「次作を待つ」という声がいくつも間城には届いた。

だったら、妻や息子に「周囲の面白い人たちのことを書き残したいって言いながら、結局、自分史が書きたいだけやん」と言われようが、もう一冊分くらいは何とか書けないか、いや、書きたい、と間城は思う。

「出版できるかどうかは、宝くじに聞いてくれ」

そんな嘯くことも忘れない間城だった。

自己確認貯金叩いて自費出版
この燠を捨て去る場所は棺桶だ

（了）

この物語は事実に基づいたフィクションです。
実在の人物や団体などとは関係ありません。

回文川柳

羊羹とおはぎ次はオトン買うよ
ようかんとおはぎつぎはおとんかうよ

夜飯行き留守にするキイ閉めるよ
よるめしいきるすにするきいしめるよ

薬はね迂闊に「使うね」はリスク
くすりはねうかつにつかうねはりすく

悪い針痛み揉みたいリハ要るわ
わるいはりいたみもみたいりはいるわ

極楽気分ぜよ全部聴く落語
ごくらくきぶんぜよぜんぶきくらくご

缶六つで新聞紙で包むんか
かんむっつでしんぶんしでつつむんか

夜半に悪い敵が来ているわ庭よ
よわにわるいてきがきているわにわよ

悩みの相談済んだ嘘のみやな
なやみのそうだんすんだうそのみやな

伝言も私がしたわ文言で
でんごんもわたしがしたわもんごんで

たった今ダンスは済んだ舞い立った

たったいまだんすはすんだまいたった

猿見る日ね夜寝るよね昼見るさ

さるみるひねよるねるよねひるみるさ

よろめきでしたわね私で決めろよ

よろめきでしたわねわたしできめろよ

鯛生で確かに貸したで俎板
たいなまでたしかにかしたでまないた

何乗る飽きるやろヤル気あるのにな
なにのるあきるやろやるきあるのにな

近藤たね子友と捏ねたうどん粉
こんどうたねこともとこねたうどんこ

著者プロフィール

真城 達彦（しんじょう たつひこ）

1954年　大阪府に生まれる

大阪府立の高校、支援学校に勤務

既刊書『この街　出て行けず』（2022年　文芸社刊）

真っ当すぎる人たち

2024年7月15日　初版第1刷発行

著　者　真城 達彦

発行者　瓜谷 綱延

発行所　株式会社文芸社

〒160-0022　東京都新宿区新宿1－10－1

電話　03-5369-3060（代表）

03-5369-2299（販売）

印刷所　図書印刷株式会社

ISBN978-4-286-25499-9